저렇게 오렌지는 익어 가고

저렇게 오렌지는 익어 가고

여태천 시집

민음의 시 191

민음사

自序

그는 주머니 가득 돌을 채우고
바다로 걸어 들어갔다.
그가 증오를 품지 않았다면
그건 무슨 말이어도 변명일 것이다.

2013년 1월
여태천

차례

2부

3부

1부

번역

나는 당신과 달라.
나는 당신을 몰라.
인격이 없는
투명한 두 문장을 가슴에 끌어안고
나는 울었다네.
한때 나는
완벽하게 마음이라고 생각되는 것을 향해
부서지는 모든 기표에 전념했지.
무엇이 그리 짧았던가.
가늘게 떨어지는 소리의 발자국이여.
나는 이제
한 문장에서 한 문장으로 건너가는 죽음처럼
오래 슬프구나.
낱말과 낱말을 건너
비문처럼 자유로웠다면
나는 당신과 다르고
나는 당신을 몰랐을 텐데.

여자의 바깥

한 여자가 울고 있다.
그러니 여기 이 말은
온전히 그 울음에 관한 것이다.

그러나
여자의 울음이 어디를 가리키는지 나는 알지 못한다.

날렵한 눈과 시원한 이마를 지나
점점 커지는 여자의 둘레
쌓이고 쌓인 여자의 바깥을 천천히
눈물이 덮고 있다.

여자의 가늘고 긴 손가락이 공손하게 쓸어 올리는
검은 머리카락이 조용히 빛날 때
나는 마지막인 것처럼 어둠 깊숙이 손을 넣어
여자의 차가운 가슴을 만져 본다.

단 하나의 문장도 완성할 수 없는
납작한 감정

어느새 다 새어 버린 여자가 바닥에 누워 있다.
더 이상 일어설 수 없을 만큼
평평해진 여자가
젖은 눈을 깜빡인다.

떨리는 손가락으로도
파닥거리는 목덜미나 가냘픈 입술로도
재구성할 수 없는 여자
오직 기우뚱한 침묵으로
문장을 만드는 여자

나는 그 여자의 바깥에 서서
열심히
한 여자의 크기를 재고 있는 것이다.

비문(非文)

당신이 물리친
썩은 문명의 두께*는 안전하고
내가 굴복하고 만
욕망의 세계는 불안하다.

당신의 세계엔 결말이 없어
유령의 문장만이 출몰한다.

흉가(凶家)에서처럼
나는 그것이
그만,
두렵다.

* 김수영의 시 「꽃잎 3」의 한 구절.

단단한 문장

뼈가 점점 야위어 간다.
생각이 단단해질 때까지
우유를 마시고 또 마신다.

뼈가 튼튼해야지, 라고 쓰는데
이미 생각은 수정할 수 없이 단단해져
다른 말이 생각나지 않는다.

언어에 대해
뼈에 대해
뼈의 문장에 대해

두 팔과 머리는 이미 단단하다.

언어가 만드는
저 생각의 근육들을 좀 봐.

점점 건강해지고 있는 나는
어떤 표정을 지어야 할까.
저 생각이 나를 만들었다.

철학하는 여자

우리의 바깥은 고요합니다, 라고 말한 건
그녀였습니다.
수채화 물감 같은 표정으로
쳐다보고 있으면 점점 번질 것만 같은 눈빛으로
하얀 손가락이 피워 올리는 저녁의 꽃
그녀의 손을 무조건 믿기로 했습니다.

언젠가는 달을 가리킬 것처럼 기다란 그녀의 손가락
다음 달에는 입가의 꼬리가
조금 더 치솟아 올라갈 것이라고 믿으며
적금을 부었습니다.

오래 기다리는 언어
신기하게도 그것은 그녀로부터
내일의 평온과 오늘의 절제를 배우고 난 뒤의 일
모두가 부러워하는 높이에서
잔고를 보지 않고 살아갈 수 있는 기술
점심을 굶는 그녀의 오늘과
수줍어하는 얼굴

그녀의 이력이 마음에 들었습니다.

조금씩 손가락으로부터 이별하기로 한 건
혼자 말을 배워 책을 읽게 된
한참 뒤의 일이지만
오늘 밤 멀리 있을 그녀에게
가능하다면 이 저녁의 허기를 꼭 돌려주고 싶습니다.

십 초씩, 나와 그녀 사이를 지나가는 여백
우리는 같은 곳을 바라보고 있습니다.
우리가 고요의 바깥입니다.

접속사들

나는 그만 그 말을 내뱉고야 말았다.
12월 31일이여
그때 나는 불안했으니

그러므로 만약
평온했다면 그런 일은 없었을 것이다.
그럼에도 불구하고 당신은 그럴듯했고 눈처럼 단호했으며
사람들은 단도직입을 좋아했다.

빌딩의 한쪽 면을 가득 채운 광고가 느리게 바뀌는 동안
알지 못하는 단어들이 뒤섞였다.
알지 못하는 사람들이
서로의 손을 무턱대고 잡는 날
손을 잡고 은밀하게 내통하는 시간
살짝 당신의 주머니에 손을 넣었다.
그렇게 묻어가고 싶었다.
그래도 되는 줄 알았다.

모든 표정이란 표정이 우리를 속일지라도

그때 내가 불안하지 않아서 또박또박 목적어와 술어를
발음할 수 있었다면
그래서 어제와 내일의 일에 대해서
조목조목 이야기라도 했다면
그렇다고 해도 한 가닥 전선으로 연결된 불빛 아래서
나의 얼굴은 변명처럼 깜빡거렸을 것이다.
해가 바뀌어 가고 있었으니까.

그때 나는 자꾸만 같은 소리를 반복하고 있는
내가 모르는 저 입에 대해 침묵하자고 기록했다.
그리고 해가 바뀌었다.

내가 아주 잘 아는 이야기 1

사람은 자신의 정서로 어떤 것이 선인지
또는 악인지를 판단한다.
—B. 스피노자, 『에티카』에서

슬픔이 생기면 사람은 다 어리석어진다.
저 축축해진 눈을
봐.

이 모든 것을 이해하지 못한 채 그는 죽었다.
이 별이 멸망하기 꼭 일 년 전에 그는 죽었다.
통절했지만 무정한 죽음이었다.
시간이 그의 죽음 앞에 멈춰 서서 쳐다보지 않았다.
어쩔 수 없는 일이었다.

불편한 눈물을 떨어뜨렸다.
옆에 있던 누군가 슬그머니
자리를 옮겼다.

내가 아주 잘 아는 이야기 2

저녁이 왔다.
그 사실을 직감하면서
저녁의 허기를 느낀다.
나는 또 그 사실을 잊지 않기 위해
노트 위에 적어 둔다.
그사이에
저녁이 왔다.
기록의 행위가 끝나자
그때서야 저녁이 왔다.
저녁은 연필의 끝에서 온다.
공기는 점점 더 무거워질 것이다.
공기의 질량 때문에 고개를 조금 더 내리고
눈을 아주 조금만 감아 본다.
저녁이 왔다는 것을 부끄러운 얼굴은 안다.
별은 뜨지 않아도
도로 위의 차들은 헤드라이트를 켜고
누군가는 메시지를 확인한다.
그것이 바로 저녁이다.

모두가 돌아가야 할 시간

조금 더 신중하게 저녁을 확인한다.

별은 이제 뜨지 않지만

저녁은 왔다.

아무도 없는 저녁

내가 아주 잘 아는 이야기 3

우르르 속눈썹까지 슬픔이 몰려올 때
마음은 이미
소리의 식민지

슬픔은 어떤 물에도 녹지 않는 오래된 환약(丸藥) 같은 것

하루 종일 먹지 않고도
배가 고프지 않았으면
그러고도 또 하루를 견뎌 내는 일

나는 그냥 귀가 없으면 합니다.

남해의 어느 가난한 섬에서 들었던
파란 물소리
눈가에 그 떨림이 남아 있어
그것뿐이어도
다만 그것뿐이어도
다리가 점점 말라 홀로 서 있을 수 없을 때까지
슬픔을 가지는 건

옳지 않은 일입니다.

나는 갑자기 빈칸이고
다음 페이지가 없는 책이고
연고도 없는 섬이고
그래서는 안 되는
날벼락이고

어떻게 지내니?
나는 정말 귀가 없으면 합니다.

내가 아주 잘 아는 이야기 4

모든 잊힌 사람은
뒷모습으로 사라진다.

헤어지기 전에 들리는
새소리는 고독하고
이유가 조금씩 자랄 때
우리의 자세는 침묵이다.

괜찮을 거야, 라는 한마디처럼
저녁은 언제나 이해할 수 없는 풍경

서가에 꽂힌 아슬아슬한 한 권의 책
밤새 아무 일 없다는 그것
세상은 그렇게
조용해진다.

우리는 아주 잠시 동안
없어도 좋은
사라진 페이지

내가 아주 잘 아는 이야기 5

모든 기별은 늦게 왔고
별은 오래 남아 반짝였다.

지붕 위에서 빛나던 생각들과
별자리의 운명

이마가 넓어서 내내 근심이라고
몇 자 적어 당신에게 기별을 넣는다.

작년보다 길어진
가로수의 길이와
그리고 평균의 속도에 대해

내가 아주 잘 아는 이야기 6

다시 일어설 수 없는 소란한 계절에
나는 이미 두 개의 바닥이다.

조금씩 내려앉는 저 운동을
아주 조금 늦추는 것
떨어진 저 과일을 나눠 가진다면
그것은 당황스러운 일이 될까.

탁자 위를 지나가고 있는 저녁의 냄새
한가득은 언제나
불편하다.

누군가 손을 내민다.
자석처럼 끌려가는 손 하나
물끄러미 그 모양 바라보고 있으면
손의 주인과 점점 멀어지고 있다는 생각이 든다.
갑자기 돌아가는 길이 걱정이다.

매달리면 안 돼.

흔들리면 몹시 아픈 하늘과

쪼그라든 사과

그리고

커피 잔에 묻은 지문들과 이름 없는 별자리들

어쩌자고

내가 알고 있는 게 고작 이것뿐이었을까.

내가 아주 잘 아는 이야기 7

하루에 일 분씩 사라지기로 합니다.
필사적으로
사라지기로 합니다.
그렇게 마음을 먹자
정말로 사라지는 것 같습니다.

오늘은 어쩐지 눈이 올 것 같습니다.

말은 언제나 먼저 흘러 다닙니다.
이 방에서 저 방으로 천천히
생각의 각질을 옮기고 있습니다.
몸이 되려다 만 불길한 음모들
방 한구석에 모여 있습니다.
눈치채지 못하는 사이 짧은 신호음과 함께
몇 개의 문자가 태어났다 사라졌다 반복합니다.

종이 위로 글자가 내려앉듯 기어코 눈이
생략된 지난겨울의 눈이 오고 있습니다.
아파트 상가 근처에서 늦도록 파지를 줍는 할머니

보이지 않게
손바닥으로 눈을 가립니다.
다른 한 손으로는 눈을 받습니다.
금세 사라지고 마는
눈이 내립니다.

복잡한 사연을 조금씩 놓아주기로 마음먹습니다.
영수증을 버리지 않고 살기엔
서랍은 너무 비좁고
이 나라의 공항은 너무 큽니다.

진공청소기를 밀다 말고 내리는 눈을 바라봅니다.
오늘에 그어진 밑줄이 잘게 부서져
한 점 한 점 떨어집니다.
생각이 눈과 함께 떨어집니다.
소리도 없이 빨려 들어갑니다.
소리도 없이

내가 아주 잘 아는 이야기 8

내게서 가장 멀리 떨어진 세계를 떠올리자
그러니까 모든 게 하얘졌다.

그 무렵에는
이름 없는 별도 빛나고
겨울의 바람이 불기 시작한다.
구름 사이로 비스듬히 떨어지던 것들을
천천히 내려다보고 있던 것들을
당신의 발가락을 기억하며
하나, 둘, 셋
숨을 쉬어 보는 것이다.

어디까지나 나는
나에게 최선을 다해
그것들을 헤아리고 있다.

그러니까 가만히 내일이라는 걸 떠올리며
망연히 나를 부르는
목소리를 듣고 만 것이다.

내가 아주 잘 아는 이야기 9

얼굴은 커다란 그물
저 끝에서 누군가 간절히 부른다.
귀가 울린다.

하나같이 예측 불허인 눈과
짐작이 가지 않는 입술은
언제나 저편에

욕심이 이 세계를 구성한다는 것을 증명하듯
사람들이 모인다.

입 주위가 팽팽해지고
정말이지 이번에는
코끝이 시리다.

모든 게 그물 같은 얼굴 때문이다.
그래도 두 손은
차례로 얼굴을 감싸며 위로한다.

손에 힘이 들어가고
발바닥이 뜨겁다.
어딘가에 뽑히지 않는 뿌리가 있다.

2부

대화

햇살이 내리고 있다.
한 나무가 다른 나무에게
처음 가지를 뻗는다.
간절한 손짓이다.

또 다른 나무의 귀에 대고
바람은 또 무슨 글귀처럼
은밀하게 농담을 한다.

새로 태어나는 단어 앞에서
자꾸만 흔들리는 너를
물끄러미 쳐다본다.

입술에 묻은 빨간 침이
잠깐 빛난다.

잡념

설거지를 하는 중에
커피를 마시다가
보름달을 기다리며
나는 자란다.
손톱이 자라는 것으로
옥수수수염이 자라는 것으로
당신의 입술이 내뱉는 이야기와 상관없이
나는 뜬금없이 자유롭다.
당신의 눈을 빤히 쳐다보며
나는 이미 빨간 풍선이다.
핸드폰 문자에서
이메일에서
쓰레기통에서
나는 들리지 않게 속삭인다.
스펀지에서 몽글몽글 솟아나는
하얀 거품을 바라보며
나는 조금씩 자란다.
머리카락이 자라도록
나는 매일 밤 머리를 감고

손톱이 자라도록
하루에 열두 번도 넘게
두 손을 씻으면서

변심

사월의 마지막 날에
치명적으로 눈이 내리고 있었다.

꽃이 진다는 아득한 비유에 대해
당신이 이야기할 때
나는 그만 웃어 버렸다.

당신의 바뀐 옷을 보고
당신의 놀란 눈을 보고
나는 내가 불편하다.

이제 그만 끝났으면 하는데
어디에 있는지 모르게
당신이 지나가고 있었다.

저렇게 오렌지는 익어 가고

책이 파랗습니다.
아직 읽지 않은 긴 문장의 색깔처럼
혼자 걸어가는
저 깜깜한 복도에서

오렌지가 파랗다고
아이는 재잘거리며
복도 끝에서 큰 소리로 부릅니다.
저 파란 오렌지가
갑자기 무서워지는 순간
아직 쓰지 않은 시를
나란히 책과 함께 세워 두고
나직이 읽어 봅니다.
오렌지의 문장을 모르기 때문에
아이의 말을 몰라서
문장의 길은 아득하기만 합니다.

아이가 복도를 뛰어옵니다.
아이가 내딛는 발자국마다
파란 오렌지가 시도록 눈이 부십니다.

병

병을 목에 걸고
목숨처럼 걸어 다녔지.
미신처럼 나이 마흔에
마음을 두고 떠날 근사한 이유가 필요했다.
비밀처럼 들여다보던
열 명의 사람들
스무 명의 사람들은
한 모금씩 결백을 부어 넣기도 하고
또 열 명의 사람들은
초조한 필체를 몰래 넣고 떠나기도 했지.
속수무책의 표정으로 차오르는 병을
바깥에서 바라보았지.
넘칠 듯 병은 무거워지고
불편은 또 누구를 위한 것일까.
어둠이 와도 잠들지 못하는 것
마음대로 할 수 없다는 것
열에 하나도 믿지 못하는
열에 하나도 버리지 못하는
평균의 그늘, 마음의 병

진짜 병이었다면
불온하게 절망하며 깨지기도 하는
뭐 그런 일도 있었겠고
열에 아홉이 세상을 버리는
또 그런 일도 있었겠다.
병의 이름을 잊을 때쯤
어느 과거 시제처럼 난 목이 말랐다.

북극의 이름

백야의 아주 먼 하루에는
납작해진 시간들이 있다.
자정 넘어까지 살아남아 더 얇아진
북극 여자의 얼굴과
그 여자의 눈을 닮은 별이 뜨고
지상의 이름들은 하나같이 조용하다.

아득하게 멀리 있는 표면에서
마음의 주름들이 흘러내리고
주르륵 쏟아지는 희고 투명한 북극의 밤
그런 밤이 서운해
나는 아이슬란드 어느 마을의 길고 가난한 이름 하나를
지도 위에 천천히 옮겨 쓰고는
들여다보는 것이다.

하늘의 주름들이 펼쳐 보이는
영사(映寫)의 비밀

공원, 신호등, 교차로, 그리고

영하 일 도의 공기와 그 사이에서 빛나는 눈과
초속 삼십 킬로미터로 달리는 이 별의 속도와
결국 너무 얇아진 밤에 대해
고민하는 한 사람

지도 위에서나 알아볼 수 있는 아주 먼 하루에
나는 손을 입김으로 녹이며
이 난청(難聽)의 세계와
영혼을 덮고 있는 마지막 신체를
천천히 복기(復記)한다.

얼음사탕

전당포 아저씨의 빛나는 회중시계와
헌 옷 가게 아줌마의 덜덜거리는 재봉틀을 지나
멀리 있는 것처럼 기차는 지나간다.
그런 밤이면 전당포 주위를 어슬렁거렸다.
얼음사탕처럼 생긴 집 나온 별
기차가 은하를 횡단할 때마다
덜덜덜 흔들리고 있었는데도
재봉틀이 고장 났는데도
어른이 되기 위해 아무 말 하지 않았다.
그때마다 구름 위로 바람이 불고 있다고
안경을 이마에 걸친 채 아저씨는 말했다.
빨간 꽃잎 아래서 개미와 대화를 나누는 일에 대해
키다리 아저씨와 이야기할 때
멀리서 굴을 뚫고 있는지 발파 소리가 들렸다.
가슴께 있던 별이 머리 위로 와 있는
그런 밤이면 꼭 안경을 갖고 싶었다.
밤하늘의 철새에게 신호를 보내느라 별이 빛난다고
키다리 아저씨는 적색의 별을 가리키며 말했지만
별은 몇 년째 바람만 먹고 있었다.

별이 빵빵해져 다시 발파 소리가 들리고
전당포 아저씨는 별이 아프다고 거짓말을 했다.
그런 밤이면 나는 은하를 헤매고 다녔다.

우리들의 아침

함께 차를 마셔요.
밤새 말아 둔 김밥을 먹으면서
백 년의 시간을 이야기해요.
머리 위로 바람이 부는 것을 바라보며
우리는 챙이 넓은 모자를 고르죠.
아침에 꼭 어울리는 옷을 입고
운동화를 가지런히 벗어 두고
인사를 해요.

이별의 행복은 언제나 우리의 것이 아니랍니다.
피크닉 가방에 가득 담긴 상자들
오후의 공원에서 먹는 초밥의 맛을 생각하고
교대로 거울을 봅니다.
어디선가 알람 시계가 울리고
우리는 반복해서 인사를 합니다.

이 아침에 어울리는 인사
당신의 기침 소리를 잠시 잊게 하는
커피 물 끓이는 소리

팔랑팔랑 날고 있는 아침의 생각으로
지구가 돌고 있습니다.

이별은 이별의 내일에게 맡기고
우리는 반복해서 인사를 합니다.
우리가 할 수 있는 것은 다시
아침을 위해 커피 물을 끓이는 일

우리가 보내는 아침은 누구에게로 가는 걸까요.
날짜 변경선 위로
하얗게 눈이 내리는 것을 보며
우리는 함께 저녁을 준비합니다.

유성(流星)

내가 기다리는 거기에서
나의 기억이 만들어 낸 바로 거기까지
당신이 있다.
있다가 없다.
백 년의 이별
그렇게 사라지는 이 모든 착란은
기다림 때문이다.
그러니 흐르고 흘러 여기까지 왔다.

멀리 가 본 자들만이
얼마나 멀리 갈 수 있는지 안다는데,
생의 바깥에서만 안쪽이 필요한 법
계산이 안 나오는 것들이여.
눈을 감아도 보이는 어둠이여.

1977년의 내 은빛 보이저 1호는 어디쯤 갔을까.
백 년쯤 지나면
당신의 끝에 도착할 수 있는 걸까.

백 년쯤 멀리 있는 눈이 반짝 빛난다.
백 년쯤 후에야
나는 당신과 이별을 하는 것이다.
한 사람의 뒷모습을 보기 위해서는
백 년이 필요하다.
그것은 착각이 아니다.

실종에 관한 보고서

스무 살의 버스에서
서른 살의 극장에서
누구는 없다.
누구도 뉴스를 기다리지 않으며
누구를 명단에서 찾을 수 없다.
마흔 명의 남학생과
쉰 명의 남자 가운데 누구는 없다.
예순 명의 여자들이
일흔 잔의 커피를 마셔도
누구를 기다리고
누구와 만날 것인가를 모른다.
누구도 취향과 결벽에 대해 모르며
누구의 사실과 비밀을 이야기하지 않으며
누구는 눈마저 마주치지 않는다.
누구나 안경을 계속 바꿔 쓸 뿐이다.
여든 개의 안경점에서
아흔 개의 안경을
뿔테안경과 무테안경과 알 없는 안경을
차례로 써 보아도

누구도 세계를 가지지 못한다.
안경은 누구의 발견이 아니다.
누구는 볼 수 있을 것이라고 믿지만
누구의 것이 아니므로
누구를 기다리지 말아야 한다.

계단

낡은 벤치와 나무 사이에서 서성이던 발이
커다란 가방을 끌고
난생처음인 듯 계단을 오른다.

조심조심 다음을 예측하는 저 발
누가 불렀을까.
떨어지는 꽃잎이 막 피어나는 꽃잎에게 건네는 주문처럼
난간을 향하던 그 발이 멈칫
주위를 둘러보더니
다시 계단을 오른다.

나는 하얀 구름이 뭉쳤다 사라지는 하늘을 바라보았다.

한 세계를 넘어
또 다른 세계로
사라질 것 같은
저 발과 나는 함께 가지 못할 것이지만
그래서는 안 되는 일이지만
저 발이 오르는 계단에 대해

나는 아무 말도 하지 않는다.
그러나 할 말이 없어서가 아니라
할 수 없는 것
그건 계단의 순서를 바꾸는 일

먹구름이 몰려오는 오늘의 끝에서
다시 계단을 오르는
퉁퉁 부어오를
저 발에 키스를

이사

비가 왔다.
누군가에게는 삶의 끝이었을 어젯밤에
비가 와서
우리는 깨어 있었다.
앨범 재킷처럼 오래된 집에는
쥐도 새도 모르는 음악이 흘렀고
우리는 창문을 닫지 않았다.
마당 가득 고이는 노랫말
떠나는 귀를 밤새 비가 적셨다.
무시무시한 하루가 사라지는 소리를
우리는 기록하지 못했다.

비가 왔다.
비가 와도
아침부터 생활의 달인들이 짐을 날랐고
저녁까지 생활의 달인들은 용감했다.
생활은 비를 뚫고 달리는 파란 트럭의 운명 같은 것
와이퍼가 낑낑대도
젖은 담배를 물고 노랫말을 흥얼거리는

생활의 힘

비가 왔다.
트럭은 위태롭게 목표를 향해 갔고
비가 와서
신호등 앞에서
우리는 한없이 미끄러졌다.
손가락 사이로 비가 내렸고
방울 소리와 함께
드디어 당신이 이사를 갔다.
후렴 같은 하루가 지나가고 있었다.

얼룩

그대의 속옷에 묻은 땀
뜨겁고 진실하지만 아무도 모르는 것

어제의 얼굴이
오늘의 얼굴에 굴복할 때
얼룩은 번지고
번져서 진화한다.

얼굴은 오래된 가짜
얼룩은 오래된 진짜

날이 저물면 저녁을 지어 먹고
기적과도 같이 다시 자라는
얼룩의 힘

비밀

다른 인생을 산다는 건
빈손으로 시작한다는 뜻이 아닐 거야.
그렇지만 그건
용기와도 관계없는 일일 거야.
팔베개를 거두며 중얼거렸네.
오늘이 어제와 달라서 불편한 건
손가락 때문이 아니라고
당신이 대답했네.
손가락이 가리키는 곳이
우리 안에 있다는 걸 알고 있다는 듯이
당신도 나도 그만 웃고 말았지.

어쩌면 오늘이

하루 종일 보채던 아이가
한밤중에 품속으로 파고든다.
엄습하듯
생각의 먼 후대를 불러들이는 너

너를 안고 불 꺼진 오늘을 천천히 걸어 본다.
납작해진 너를 안으면 안을수록
내가 나를 안고 있다는 생각
그 생각 하면 할수록
나를 심각하게 생각하는 게
내가 아니라 너라는 생각

자고 나면 다시 오지 못할지도 모른다는
불안 때문에
너는 눈을 또렷이 뜨고
무거워진 밤을 자꾸만 흔들어 깨웠던 것이다.

밤은 깊고 또 깊어져
이 밤의 공기를 다시 만질 수 없는 때도 있어서

오늘이 백 년의 기억보다 더 깜깜하다.
그때마다 후대의 아주 먼 생각이
가만히 왔다가
가만히 가는 중이라고
나는 중얼거렸다.

3부

지구를 이해하기 위한 첫 번째 독서

문을 열면 거긴 또 어디일까요.
난시청 지역을 생각해 봅니다.
이 곤궁한 하루에도 우리는 잠을 자지 못합니다.
돌아가야 할 길은 없습니다.

소문이 무성한 우리의 사상가들이
항로의 위도와 경도를 알아보고 있는 동안
우리의 나머지는 끊임없는 설교를 들으며
고도의 정치적 침묵을 배웁니다.
참을 수 없는 침묵은 난시청의 일상입니다.
그것을 참을 수 없는 파도의 유혹이라고
우리는 기억합니다.

사상가들의 함대는 여전히 직진입니다.
우회하는 법은 이 별에 없습니다.
침몰할 줄 모르는 사상가들의 저 높은 생각이
행성과 행성 사이를 오고 갑니다.

몇 년 만에 돌아온
늙은 사상가의 얼굴은 참으로 원근법적입니다.

원심력과 구심력이 저리도 조화로울 수 있는지
돌아올 수밖에 없었다는 표정입니다.
눈이 퀭한 우리의 나머지는
멸종된 눈물을 흘리며 아주 조금
이 모든 사실의 감정을 인정하기로 합니다.

감정은 가장 바깥으로부터 감염됩니다.
오랜 박피로 빛나는 얼굴들
사실은 뇌가 문제라는 걸 그들도 알지만
그것은 음모론에 불과합니다.
원근법에 대한 우리의 연구가 밝혀낸 최근의 업적들은
예측 불가능한 우리의 나머지를 살아가게 합니다.

우리의 사상가들이 행성과 행성을 이어 놓았지만
별들의 궤도는 점점 줄어들고 있습니다.
지나친 자의식은 도움이 되지 않고
반숙의 생각이 몸을 망친다는 걸
그들도 이미 알고 있었던 겁니다.
눈물이 그리워지는 계절입니다.

지구를 이해하기 위한 두 번째 독서

국경을 넘어가는 밤이다.
마지막일까.
밤은 또 바람의 머리를 스치고 지나간다.
그 짧은 시간에
경계 위에서 우리의 얼굴은 변했다.

지금 우리의 마음은 어디로 가는가.
우리는 무엇을 알고 싶은가.
잠시 동안 우리는 갈 곳을 잊기로 한다.

바람이 아침을 깨우고
팔을 뻗어 홀로 떠나는 불빛을 만진다.
나머지의 체온이 느껴진다.
오래 기대고 있었던 저 건물의 글씨
그 아래서 근심도 없이 내일이 왔다.
몇몇은 그랬다.
몇몇은 눈을 비비며 고개를 돌렸지만
만약 우리의 말이 절실했다면
나머지의 말에 귀를 기울였다면

분명 우리는 갈 곳을 잊지 않은 것이 틀림없다.

잊지 않고 바람은 또 분다.
노래가 홀로 떠나는 저 불빛을
지켜 줄 것이라고 위로하자.
밤은 또 바람과 함께 한때의 우리를 지나가는 것임을
우리는 서로의 국경 위에서 확인했다.

누군가 불러 준 서로의 이름들
그 이름들을 불러 본다.
언젠가 잊힐 이름들이 지금 막 태어나고 있다.

지구를 이해하기 위한 세 번째 독서

우리는 이제 기억하지 않습니다.
비슷비슷한 감정을 떠올리며
나머지는 기억을 소비합니다.

과거의 여기저기엔
한정판 희귀 상품들이 진열되어 있고
헌정 기념이라는 문구가 박혀 있는 것도 있습니다.
고갈되지 않는 감정의 펀드
모든 게 관리 대상이지만
다행스럽게도
우리는 연기(演技)가 가능합니다.

굴뚝에서 솟아오르는 연기(煙氣)의 기억처럼
손톱이 점점 자랄 때
목에 긴 줄을 매달고
천천히 산책을 합니다.

바코드가 찍히지 않은 상품
그것은 사라진 형식입니다.

가장 마지막으로 기억되는
그것은 소멸의 방식이죠.

거리를 걷다 보면
우리는 이미 장님
기억은 갑자기 비대해지고
나머지는 이 허튼 형식을 좋아합니다.
오후 여섯 시면 어김없이 귀가를 서두르는 우리와
할 말이 많아 입을 다물 수 없는 나머지는
한정판 산책자들입니다.

아침에 깎은 손톱이 자꾸만 생각납니다.
떠나온 손끝을
어디선가 생각하고 있을지도 모릅니다.
손톱의 형식처럼
기억은 또 자랍니다.

저녁을 알리는 저 불빛들을 보세요.
우리의 몸피가 점점 커지고 있습니다.

지구를 이해하기 위한 네 번째 독서

속삭이듯 뭐라고 말 좀 해 보세요.
서투른 감정이 피어나도록
적당히 표정은 숨긴 채
뭐라도 좋으니 제발 얘기 좀 하세요.

멀리서 바라보는
우리의 저녁은 영도의 어둠에 가까워
우리의 나머지는
세상의 모든 손과 가능한 모든 귀를 의심합니다.

이건 비밀입니다만
우리의 목도리가 점점 길어지고 있습니다.

이름과 이름 사이에 끼어 있는
생각의 비밀 하나
우리는 슬프게도 아무도 아니랍니다.
단지 아무도 아니어서
변함없이 그뿐이어서
거울 앞에 선 우리의 아침은 상징적으로 가난하고

어떻게 보일까 하는 상상력으로
점점 부풀어집니다.

식히기 위해 잠시 냉동실에 넣어 둔 생각
두 번째 비밀은
등을 돌린 오래된 우리의 당신에게 있습니다.

생각은 친친 감긴 목도리처럼 길어만 가고
음흉하고 냄새나는
이름과 이름 사이에 부끄럽게도
우리의 적당한 비밀이 있습니다.

지구를 이해하기 위한 다섯 번째 독서

저무는 하늘을 먼저 보았습니다.
누구보다 먼저
저 멀리 낯선 시간으로 떠나라는 기별이 있었습니다.
녹차 아이스크림이 녹기 전에 다시 이곳으로
우리의 목소리가 남아 있는 이 별로
돌아올 수 있을까요.

기온이 점점 내려가고 있습니다.

그날이 그날 같았지만
그날은 그날이 아니었습니다.
손발은 점점 차가워지는데
머리가 불덩이 같아 국립병원엘 다녀왔습니다.
의사는 산소를 아주 조금씩 들이마시는 최신 국민식이
요법을 권했습니다.
한 알 두 알 감나무의 감이 떨어지는 걸
이미 땅에 떨어진 감을
뒤늦어서야 보고 알았습니다.

이상하리만치 몸은 빠르게 적응했습니다.
모든 게 이별로 이해되던 때였습니다.

임시로 운행하는 순환 버스를 타고 돌아오는 길
모든 길은 길게 휘어 있었고
누구도 지나온 시간을 확인하지 않습니다.

물끄러미 놀이터의 목마를 보다가
꼭 당신의 허리쯤 오게 될
목마의 그날을 생각하다가
무너지는 타워크레인을
나중에서야 보았습니다.
유독 시장바구니가 무거운 날이었습니다.

가슴 왼편에 만국기를 새긴 우편배달부가 눈부시게 지
나갔습니다.
속력은 아름다웠지만
더 이상 돌아올 기별 같은 건 없었습니다.

오염된 자막 방송을 의무적으로 시청하고
각주 없이 본문을 열심히 읽을 것
기계가 재생하는 음성은 정말이지 놀랍고 정확합니다.

우리는 이미 인사를 잊었고
어쩌다가 잠깐 얼음이 얼었습니다.
잠시 잠깐이었습니다.
우리의 나머지도 이름은 바꾸었지만 표정마저 그럴 수
없었습니다.
누구는 원초적 부끄러움이라고도 했지만
얼굴이 사라지는
한 번도 발병하지 않았던 병이었습니다.

기억의 마지막 아침
기적은 없었습니다.
저 멀리 낯선 이름으로부터
그들이 이사를 왔습니다.
이 별에 폭설이 내린 그날 아침이었습니다.
모든 게 국지적인 날이었습니다.

지구를 이해하기 위한 여섯 번째 독서

나눠 가질 게 없는 우리는
최선을 다해 책을 덮기로 합니다.
오늘은 머잖아 미래로 바뀔 테니
뭐, 괜찮습니다.

우리는 세계인의 표정으로 인사를 하고
우리의 나머지가 일으키는 바람에 흔들리지 않고
어제를 돌보지 않습니다.

덮어 버린 책 너머에서
우리를 지켜보는 낡은 문자들
그늘 속으로 깊어집니다.

천천히 어제의 문자를 소리 내어 읽어 봅니다.
정지 화면처럼
굳어 버린 우리의 혀
괜찮습니다.
그렇다고 숨을 쉬지 못하는 건 아니니까요.

듬성듬성 서 있는

고층 빌딩들, 사람들, 그리고

멍하게 책 표지를 쳐다보며

우리는 각자의 이름을 오래 떠올립니다.

지구를 이해하기 위한 일곱 번째 독서

그리고 우리는
아주 오래전에 빛과 어둠으로부터 떠나왔습니다.

세상은 이해할 수 없는 때라고
누군가 말했습니다.
빨갛게 익은 사과가 떨어질 때
어떻게 하는 게 옳은지
사과가 떨어지는 건
숙성의 정도와 관계없다는 사실을
기온과 바람이 만드는 그 차이를
구분할 수 있게 되었습니다.

그리고 우리는
탄산음료처럼 미묘한
저녁을 지나
드디어 새벽의 붉은 어둠을 정의해 냈고
그리고 아침을 기억하기 시작했습니다.
버려진 강을 따라
여기저기 피어난 민들레

그리고 마침내 우리는
세계정부의 달콤한 정책에 반대하기로 했습니다.

지구를 이해하기 위한 여덟 번째 독서

우리는 어른처럼
갑자기 찾아온 천재지변
그런 종류의 실패들에 대해 회의하고 있었지.
방전된 핸드폰을 만지작거리며
어른처럼 우리는
맥주잔에 떠도는 거품을 보고
크기에 대한 감각을 의심했네.

모래처럼 눈이 쏟아지면
밀짚모자의 눈사람과
헤어진 연인들은 어디에 있지?
누구와 커피를 마시고
아픔은 누구에게 이야기하지?

우리는 태양 아래
마음이 들킨 사람들
어른처럼 아무것도 할 수가 없을 때
내리는 저 눈 속을 천천히 걸어와
아이가 손을 잡아 주었네.

눈을 오래 들여다보고 있으면
이렇게 눈물이 나오는 걸까.
이 따끔한 잠은 어디서 왔을까.
우리가 모르는 깊은 계절의 잠이
이렇게까지 비정치적인 무음의 세계가
갑자기 어디서 온 걸까.

지구를 이해하기 위한 아홉 번째 독서

우리는 누가 만들었나요.
그냥 손을 잡았는데 연인이 되었다는
이야기는 신물이 나요.
선만 그어도 금방 남남인데
나도 너도 아닌 우리라니
늑대의 탈을 쓴 양도 아닌데 말이죠.

한 소년이 있었습니다.
고래와 허파의 크기에 대해서 특별히
궁금해했습니다.
원숭이와 꼬리의 퇴화에 대해서는 조금만
밤하늘과 별의 수명에 대해서는 오래
소년은 누워서 생각했습니다.
눈물의 맛을 보고 내일의 날씨를 예측할 수는 없을까,
고민하던 소년은 모래 위에 그림을 그렸습니다.
아무도 없는 사막에 핀 꽃
소년은 그만 슬퍼졌습니다.
손가락을 빠져나가는 바람
소녀는 멀리서 소년을 지켜보고 있었습니다.

소년과 소녀라 불리는 것들이
그런 말들이 있었습니다.
그 밖에는 그냥 세계였습니다.
해결되지 않는 건
우리의 기원이었습니다.

국외자 4

저는 뿌리 뽑힌 자입니다.

더 이상 뒤를 쫓지 말아 주세요.

무한 질주의 부산물이죠.

사랑이 제도라니요.

오 이런!

도무지 제 손은 당신의 얼굴을 만질 수가 없네요.

시간 때문은 아닙니다.

정신은 아무것도 아니에요.

차근히 기억을 떠올려 보세요.

무슨 개소리냐고요.

단도직입적으로 말하자면 그것은 이상 기온 탓이죠.

태풍의 눈은 아직까지 고요하다면서요.

그 눈으로 쳐다본 지 얼마나 오래되었습니까.

숨을 멎고 삼 분을 견디기가 그렇게 어렵나요.

이십 년을 눈을 부라리며 찾았는데

눈은 뜨지도 못하고

숨도 쉬지 않고

얼굴이 화끈거려요.

이게 정말 손님에 대한 예의입니까.

그냥 뿌리 없이 살고 싶어요.

가비얍게 날아다니며

아무 데나 앉고 싶은 마음 이해하시겠죠.

정신이 빠져서 잘 모르겠지만

비장한 주연보다 어설픈 조연이 편해요.

그것이 아니라면 그냥 관객으로 즐길래요.

뭘 느낀다는 게

슬프고 기쁘고 우울하고

그냥 거추장스럽잖아요.

안녕! 당신의 손님이잖아요.

무관한 일

불쑥 얼굴을 들이미는 전단지
우리와는 무관하게
인도의 손길은 그렇게 찾아온다.
이미 개종했는데
자꾸만 저 칠흑 같은 어둠에
기대고 싶은 걸까.

머릿속에 나무를 심듯
간절하게 기도하세요.
지난 계절에 떠난
그 새가 찾아오고
그 새가 자기를 닮은 새끼를 치고
그 새끼들 거느리고 돌아와
머리가 온통 새집이 될 때까지
개종은 무죄입니다.

말씀 하나에 하나씩 돋아나는 따뜻한 깃털
전력을 다해 피부를 뚫고 자라나는 깃털
우리와는 무관한 일입니다.

계절과 계절에 대한

오랜 믿음이

우리를 완벽한 철새로 인도할 것입니다.

출구

사전을 들고 가기엔 어울리지 않는 곳
자꾸만 빨간 코트에 눈이 가는 날
한 알의 수면제가 필요한 날

구급차가 달려오다
천천히 사라질 때
나는 12월 31일처럼 납작해지고
심장의 소리는 일정하다.

커피에서 지난여름의 햇빛을 분리해 낼 수 있다면
그럴 수 있다면
한 뼘 정도의 입구가 생기겠지.
따뜻하게 잠을 잘 수 있는 곳
아니라면
빠르게 되감기는 자막 없는 영상 속으로

시간은 점점 가늘어져
이제 모든 일은 한꺼번에 일어나지 않는다.

나는 이제
가장 가까이 간다.

속기

오후의 남쪽 하늘에 떠 있던 구름의 모양과
그날 밤하늘에 얼마나 많은 별이 떠 있었는지
끝내 기록하지 못할 것이다.

세상엔 너무 깊게 들여다보지 않아야 하는 곳도 있다고
서툰 글씨로 겨우 기록해 두어야만 했다.

213번째 응급 환자가 남긴 것은
시든 꽃 한 송이를 닮은 아내와 막 잠에서 깬 얼굴의 아이
여자가 슬픔을 건드려는 눈으로 흐느끼고 있을 때
212라는 번호를 오래 들여다보며
나는 참으로 민망했다.
이름과 주민등록번호, 그리고 여러 번 옮긴 주소
한 사람의 삶이 헛되지 않게
그의 인간적 생존을 확인하는 것들이
오차도 없이 재빨리 기록되자마자
파본의 생은 그렇게 명백해졌다.

너무나 허술하게 마감한 한 사람의 하루와
거짓말을 해야 하는 여자의 입술과

거짓말로밖에 말할 수 없는 사실들이
이렇게도 다정하다니.
그 시간이 무색하게
창밖으로는 비가 오래오래 내리고 있었다.

서둘러 이 사실들을 기록해 두어야 했지만
팔을 오므렸다 폈다 하는 사이에
나는 아팠고 복잡해진 머리는 말을 잊었다.
모든 것은 언제나
그리고 언젠가는 사라진다.
문득 가로등의 불빛만큼
삶이 안전하다고 꼭 적어 두고 싶었다.

모든 것은 언제까지나 두 번 되풀이되지 않아서
병실과 병실이 이렇게 평화롭다.
나는 공연히 허공을 만져 본다.
말랑말랑한 슬픔이
미래로 미래로 자꾸만 퍼져 나가자
팔은 생장점에서 점점 멀어지고 있었다.

우리로부터 우리에게

우리는 우리를 기다리고 있었다.

온전히 두 발만으로
두 발의 힘으로는 결코 서 있을 수 없는 동안에도
손과 손을 땅바닥에 붙들어 맨 채
조금
불온해져야 할 것 같은 기분으로
모래 위에 뜻 모를 글자를 썼다가
지우며
또 썼다가

증거 없는 현실이
그렇게 쉽게
결코 오지 않으리라는

믿음을 집어삼킨 소문이
우리의 헛된 꼬리말이
떨어지는 라일락 꽃잎과 함께 들려왔고
명징한 말들은 조금씩 비껴 지나갔다.

목성의 위성과 함께
빛을 내며 사라졌다.

그때에는
세상에 없는 얼굴을 하고 우리는
서로를 위로했다.
무화과의 꽃을 기다리며
그랬다.
그때 우리는 어깨를 기대며
아주 오래전부터 두 발로 서서
꿈을 꾸고 있었던 것이라고
우리에게는 믿지 못할 전설적인
침묵이 있지 않냐고

기약하지 않은 곳에서
간신히 날아온 기별
다음의 우리는
원산지도 모르는 칠월의 자두 맛을 떠올리거나
펜스를 간신히 넘어가는 볼을 쳐다보며

소리를 질렀다.
김빠진 캔 맥주를 마시면서
그렇게 우리는
증거 없는 세계로
그림자를 지운 채
우리를 떠나보냈다.
그때, 수은주가 삼십구를 오르내리는
팔월에
팔월의 열기 속에서

또 다음의 우리는
무경계의 상태에서
우리에게 알아들을 수 없는 말을 할 것이다.
우리의 눈이 어두워질 만큼
지구의 이 늦은 밤까지 걸어왔던 것이라고
지구의 우리로부터
우리의 지구에게로
오는 길이
이미 오래되었다고

보이저 1호가 힐리어포즈를 넘어가는 저녁

혼자였다.
혼자 되는 게
익숙하지 않아
몰래 따라갔다.
귓가에 묻어서
눈에 매달려서
결국 혼자였다.
마침표처럼
혼자였다.

4부

변명

오늘 나의 두 번째 미소는 거짓이다.
그것은 마치
오래 신은 양말이 조금씩 흘러내리는 것처럼
불편하게 이루어진다.
나는 일부러 모른 체한다.

한밤중에 당도한 손님처럼
부끄럽게 얼어붙은 두 다리로
무엇을 어떻게 할 것인가.

염치없는 두 팔로 당신을 안아 주기엔
오늘 밤이 너무 짧고
사과는 언제나 느닷없다.

잘못 배달되어 온 상자를 뜯어
다른 상자에 그대로 담아
돌려보낸다.

당신이 슬프면 나도
슬프니 이상하다.

인격의 탄생

나와 당신 사이에
나와 당신과 무관한
또 다른 인격이 형성된다
— 강정, 「불탄 방」(『키스』)에서

당신이 서 있는 곳으로 볼을 던졌다.
당신의 머리 위로 날아간
볼은 정확하게 다시 돌아왔다.
측정할 수 없는 운명의 거리를 가고 오는 볼과 볼
그 사이에 떨어진 구름과
그 구름을 끌어 내린 공기의 이동

캐치볼을 하다 당신을 놓쳤다.
세상의 하늘이 노랬다.
피가 모자란다고 간호사가 말했다.
베드 위에서 엉덩이를 까고
내일이 올까 말까 고민했다.

시력이 문제가 아니라 피가 모자란단다.
당신이 서 있는 곳으로 다시 볼을 던질 수 없단다.
볼을 던지지 못하는 건 치명적 외상이라고
생각이 당신과 나 사이를 오고 가는데

당신이 꽃을 들고 문병을 왔다.

당신이 가만히 와서 내려놓고 간 인사
나는 최선을 다해
당신이 서 있는 곳까지 답례를 했다.
꽃을 든 당신과 이미 땅에 떨어진 구름과
하얗게 소독된 이 세계는
그러므로 완벽했다.
인격은 그렇게 완성됐다.

우리의 저녁

손가락이 길어져 너의 얇은 가슴에 닿을 때
문득 오늘의 식단이 궁금해지는 건
무슨 이유?

나비야 나비야
너는 어디를 날고 있니?

옮길 수 없는 나비의 언어
영구적으로 날아간다.
영구적으로

우리의 저녁은 한 마리의 나비가 매일매일 적어 내려가는
가난한 가계부 같은 것

손을 꼭 쥐고서
진지하게 너의 이름을 한 번만이라도 불러 보아야 할
텐데.
나비야 나비야
색깔이 달라질 때마다

마음이 생겼다 사라지는 건
무슨 이유?

아무래도 나는
오늘의 저녁을 책임질 수 없나 보다.
얼마나 오래 적어 내려가야
불편한 이 언어가 부활할까.

나는 오늘 불충분한 물을 마시고
죽지 못할 표정을 짓는다.
이것은 부화의 기적일까 아니면
경험의 실증일까.

내 입에서 어제 죽은
나비의 고약한 냄새가 나는 건
또 무슨 이유?

스타일

낡은 야구 글러브와 편지지를, 그리고
까만 연필심에 대해
한 걸음 떨어져 생각하는 객관적인 거리

외야 스탠드 상단에 혼자 앉아
신비주의자처럼 입을 다물고
오직 유니폼을 입은 방식으로 게임을 기억하기로 하자.
오래된 친구가 문득 적이 되어 나타나더라도
친구를 알아볼 수야 있겠지.

그런데 기원 없는 감정에 대해
착각한 듯 기다리고 있는 저 문자들은
느낌도 없이 줄지어 피어나는
저 소리들은 대체 뭐란 말인가.
피다 만 꽃들이 그냥 피고
맺다 만 열매가 기어이 떨어지고
울다 만 아이가 웃는
오늘이 할 수 있는 모든 것인 저 우연한
음(音)과 형(形)에 대해

다만 현상으로 기억하자.

옆 가지의 잎이 새로운 잎을 돋게 하는
입술이 다른 입술을 원하는
결국엔 스타일이지.
어제도 내일도 스타일이 문제야.
뭉툭한 연필심이 글자를 적어 나가고
조각난 편지가 기억을 만드는 것처럼

커피의 진실

다시 한 번 기회를, 이따위를 구걸이라고
하지만 그것이 최선이 아니겠냐고
정답 같은 게 있겠냐고
마땅치 않은 듯 기어이 하고 말았다.
한 사람이 문을 나섰고 커피가 나왔다.
천천히 멀어지는 건 잊히지 않는
검은 눈과 불안한 얼굴의 윤곽이 아니다.
멀리 뒤돌아서는 저 뭉게구름의 긴 그림자와
봄처럼 늦게 당도하는 시계의 분침
손바닥만 한 희망이 사라진 오후
캄캄한 커피 잔을 들여다보면
점점 흐릿해지는 것들이 보인다.
가장 멀리서 회전하는 것들과
한가운데에 머물러 있는 것들이
하지 못한 말과 함께 근근이 모여 있다.
버려진 어느 별처럼 나는
커피 잔 속을 느리게 회전한다.
빙글빙글 어제의 약속과 오늘의 절망이
뒤섞였다가 분리되는

지구의 시간이다.

식은 커피를 마신다.

저을수록 질서 정연해지는 감정들이

커피 잔 안에서 돌고 있다.

브레이크 포인트

그녀는 룰을 무시했다.
상징 같은 건 아무래도 좋아,
코트 바닥에 볼을 튕기며 그녀가 말했다.
그녀가 진심으로 건넨 볼
가끔 라인 밖으로 나가기도 하는, 나가도 되는 볼을
기막힌 탄력을 지닌 그녀의 볼을
내리는 빗속에서 노려본다.

목적도 없이 날아와서 가벼운
그 볼에 희망을 걸었다.
그 볼의 운명을
그 볼에 내리는 비를
오직 진실하게 생각하며 나는 볼을 받아넘겼다.

우리를 지탱하고 있는 건
게임의 보이지 않는 룰 같은 거야,
볼을 만지작거리며 그녀가 말했다.
그녀의 볼이 통통 튀었다.
볼이 가 닿지 않는 곳에서

그녀의 말처럼 나도 가벼워지는 것일까.

네트에 걸린 볼이 비를 맞고 있다.
비를 맞아 우울한 볼
이미 아웃된 볼
이렇게 무너지는 건 괜찮아, 아무렇지도 않아.
다시 볼이 넘어오면 넘기면 되고
비가 오면 올 뿐
비가 와도 게임은 계속될 것이므로

밤에 대한 사소한 의문

그저 지나가는 거다.
여러 개의 밤 중에 하나의 밤에서 걸음을 멈추고
어둠처럼 길게 신체를 눕힌다.
정확하게 배치된 놀이터의 벤치 수를 헤아리며
잠시 쉬는 거다.

어서 빨리 이 밤을 거둬 가기를
신랑 신부의 이름을 썼다 지우며
아무도 그 이름을 부르지 않기를 바라는 거다.
여러 밤 중에 오늘 밤이 가장 재미없는 밤이라고
최선을 다해 중얼거리는 거다.

검은 머리가 파뿌리가 될 때까지
변해 가는 사소한 머리에 대해 이야기하지 못하고
그냥 지나가거나 사라지는 거라고
그러므로 이름 같은 거 함부로 부르지 않는 거라고
바람의 대류에서는 아무 소리도 들리지 않는 거라고
맥주와 오징어가 담긴 봉지를
마지못해 믿어 버리는 거다.

발꿈치를 들어 올리고 웃고 있는 그 얼굴이
끝내 암으로 죽지 않았을 것 같은
아, 정말 재미없는 밤
세상의 비닐봉지는 다 까맣다고
그냥 생각하는 거다.

일식

오늘 나는 서툴렀다.
당신이 고개를 돌렸기 때문은 아니다.
갑자기 닥친 오늘의 어둠을
무엇에 쓸 것인가 고민하면서
깜깜한 머리를 생각했다.

촛불을 켜 놓고
아무것도 먹지 않고
천천히 사라지는 빛의 가장자리를 떠올렸다.
아무도 모르는 오늘의 당신은 어디에?
감정과 감정이 만드는 저 경계와
주인 없는 흑백사진들을
그 순간에 생각했던 것이다.

그러나 오늘 예상할 수 있는 일들은
여전히 오늘의 일들일 뿐이고
낙심은 낙심의 세계에서
당신의 오늘은 오늘까지만 유효할 뿐
내일은 감감무소식이었다.

복구되어 기록에 남아 있는 감정을
머리카락 매만지듯 쓰다듬었다.
시절에 대한 예의란 그런 것이다.

적국(敵國)의 가을에
나는 우울하다.
나는 낼 수 있는 가장 큰 목소리로 오늘을 울었다.

반성

어젯밤 당신이 취중에 한 말
한 인간으로서 지켜야 할 윤리에 관한
무시무시한 말
무시하지 못할 그 말에
무엇이 그리 부끄러웠는지 모른다.

세상은 여전히 과도기라고
시계를 쳐다보며 나는 얼버무렸고
끝내 당신의 빛나는 얼굴에 내 입술을 맞출 수 없었다.

저버릴 수 없는 당신의 충고를
지키지 못한 것을 내내 뉘우치며
나의 결단이 부끄럽지 않을 내일을 위하여
그러한 믿음을 위해서
생각을 오래 쓰다듬는다.
당신의 빛나는 눈망울을 대신하여
바람이 불어도 흔들리지 않을
또 다른 생각을

무딘 손이

할 수 없는 일이

할 수 있는 일이 될 때까지

당신의 너그러운 말의 씨가 내 안에서 싹을 틔울 때까지

생각이 웃자라

생각지도 못한 일로 커질 때까지

당신의 무시하지 못할 부탁을 위해서

이마의 주름을 만진다.

이십 년

거기, 윤곽도 색깔도 없던
거기에 내가 있었다고
말했어야 했는데

그때 당신은
촘촘히 적힌
계절이 한참 지난 우편엽서를
다시 읽고 있었지.
하지만 눈은
눈은 내리지 않았지.
어쨌거나 머리 위의 별은 만족스러운 듯 반짝였고
우리의 얇은 두 어깨가 으쓱하도록
봉숭아의 빛은 오래도록
선명했네.

나는 오직
해변의 빈집처럼 조용히
말할 수밖에 없었지.
감겨 오는 눈을 비비며

저 어둠이 나를 완벽하게 지울 때까지는
그때까지는 점점 자랄 거라고

당신과 나란히
파도처럼 쓰러지고 싶었던
거기, 날짜 변경선 위에
여전히 거기에

당신의 집

문을 열면 보였지.
당신의 얼굴보다 먼저 커다란 거울이
당신은 결코 형식이 아니라고 했던
거울 아래 작은 상자가
그 상자에 조바심처럼 남겨진 자국들
까르르 앨범을 넘기는 소리
다시, 비어 있는 자리마다
이십 초간 침묵했네.

식탁에 앉으니 훤히 보이네.
몇 개의 숟가락이 당신의 집에 있는지
이가 나간 밥그릇이 몇 개인지
전기밥솥에 김이 모락모락 올라올 때
그 흰밥 냄새를
우리는 오래오래 맡았지.
목젖을 크게 벌리고 당신을 기다리네.
당신의 집에서 허기를 기다리는 한나절
아 아 아
이건 먹는 게 아니라니까.

당신은 나를 밀치고
하얀 밥과 당신과 나는 그렇게 뭉개졌네.

입을 크게 벌리고
공기를 한 입 베어 물고 우물우물 씹다가
빈 컵을 바라보네.
보이지 않는 물이 흔들거리는데
당신은 이것도 형식이 아니라고 우기겠지.
목이 마를 때까지 기다려야 하는 건가?
어떻게,
당신이 없는 당신의 집에서

너무 늦게 끝난

해독이 불가능한 낯선 나라의 언어
그 앞에서 내 가난한 겨드랑이는
그만 부끄러웠지.
기껏해야 구두점을 괄호 안에 넣을 것인가
괄호 밖에 찍을 것인가를 고민하는 동안
그것이 문장일 수 있을까에 대해
머리를 굴리면서
머리카락을 매만지면서

도무지 떠오르지 않는 기분에 대해
필요한 건 마침표였을까.
두려움에 대해서라면
나는 많은 것을 말할 수 있을 텐데.
가령, 상자 안에서 떨고 있는 저 작은 인형의 손처럼 말
이지.

손가락은 왜 가릴수록 자꾸만 삐져나오는 걸까.
구부러질 수 없을 때까지
돌돌 말아 버릴까.

혀를 굴리며

저 혼자 소리를 내며 몸을 키우는 생각

그 생각을 옮겨 적어도 두려움이 기쁨이 되진 않겠지만

진실의 적은 진실이라고 적혀 있는 문장을 보고

내 가여운 겨드랑이는 또 그만

초라해지고 말았지.

따라잡을 수 없을 만큼만 아찔하게

멀리 있는 이름들

그것은 단지 형식이었을까.

풍선의 기적

나는 조금씩 멀어지는 시간에 대해 쓰고 있었지.

갑자기 흰 얼굴이 될 수 있을까.
우리가?
질문 같은 거 안 하면
차라리 그것은 지나친 시련
분명한 인식은 질문들의 끝을 관통하고
그러고 나서야 만들어진다는 것을
어젯밤 근엄하던 그 고양이가 쓰러지는 것을 보고 생각
했지.

어쩐지 중년의 우리라고 써야 될 것 같아.
미안하지만
이름이 뭐더라.
그건 중요하지 않아
그것은 감정이 아니라 분별이므로
그 생각에 의지하면서부터
기억과 함께 두 손을 잃고 말았지.

고양이가 남기고 간 뻗친 수염은
먼 것과 가까운 것 사이를 오고 가던 저 열렬한 기침은
슬프게도
발아래에 있는데
우리의 고민은 좀체 내려올 줄을 모르네.

자꾸만 뭔가가 분명한 우리를 채우고
또 채우고 채우리라는 걸
우리가 텅 빈 풍선이었다는 사실을
이미 터져 버린
어젯밤의 고양이가 알려 주고 있는데도 말이야.
도대체,

잃어버린 우산

지난밤 잃어버린 우산에 대해서라면 끝까지 보지 못한 어제의 홍콩 누아르 영화 배경처럼 흐릿하게 이야기할 수 있을 것 같아. 몇 번의 액션이 우리를 감동시켰는지, 몇 잔의 술이 우리를 취하게 했는지 분명히 기억하고 있지. 나는 투명하게 당신의 너머를 바라보고 있었고, 당신은 우리가 어디까지 왔느냐고 물었네.

느낌은 정확하게 느낌으로만 기억되는 법. 놓쳐 버린 장면에 대해 다시 처음부터 말해야 하는 것은 기적에 가깝고 이별보다 슬픈 일은 얼마든지 있어. 당신은 한결 밝은 목소리로 말했네. 낯선 기쁨은 살갗의 서늘함과 함께 그렇게 온다는 것을 말하지 않았지만

나는 당신이 말한 것들보다 말하지 않은 것들에 대해 연연하지. 잃어버린 우산에 대해 더 이상 할 말이 없어. 오늘밤 나는 내리는 저 빗방울의 전 지구적 가능성에 대해 누구보다 오래 고민하기로 했어. 잃어버린 초원에 대해서, 초원의 회복 가능성에 대해서, 우산의 기원에 대해서, 당신이 다시 깨어날 가능성에 대해서 말이야.

점점 침착해지는 빗방울을, 투명해지는 빗방울을, 어제의 우산은 사라지고 없지만, 그것은 사실에 불과하지만, 잃어버리는 일은 끝나지 않을 거야. 당신의 사라진 목소리가 들리네. 다시 당신을 잃어버려야 하다니. 그것은 견딜 만한 불편함이 아니라는 걸, 어제의 비가 내리고 있는데

마지막 목소리

자주 해가 지는 시간이 찾아와서
나는 무서웠다.
어디쯤에서 저 끝은 시작되었을까.
안녕 잘 지내니, 라는 말을
썼다가 지우고 다시 쓰는
종이는 종이대로
글씨는 글씨대로
이미 어둠에 하나씩 발을 들여놓고서
나는 자주 해가 지는 시간을 기다려
저 어둠의 음질(音質)을 기억하기로 했다.
그러고 나서야
자주 해가 지는 시간이 와도
그래 이제는 괜찮아, 라는 말을
별 뜻 없이 쓸 수 있게 되고
조금씩 밝아 오는 쪽을 바라보기도 했다.
그때쯤에서야
괜찮아 괜찮아
사라지지 않고 반복되는 컴컴한 목소리들
시간은 시간대로

감정은 감정대로
글씨는 글씨대로
괜찮은 거다.
모두가 괜찮은 거다.

유령의 문장, 문장의 유령

최현식(문학평론가 · 인하대 교수)

"말들의 검은 구멍은 없다. 아니 있을지도 모른다. 그러나 아직은 없다. 있는 것은 흔적들이다. 그 흔적들이 욕망이며, 충동이다."라고 말한 것은 고(故) 김현이었습니다. 어딘가 무서워 차라리 적요한 '말들의 풍경'을 통해 선생이 전달하고자 했던 요체는 "너와 나는, 무서운 일이지만, 흔적들"이라는 사실이었습니다. 텅 빈 기호로서 말의 속성과 거기에 종속된 인간의 본질을 기술한 명제처럼 언뜻 읽힙니다. 그러나 선생은 '흔적'을 사라진 과거가 아니라 "나는 없는 있음이며, 있는 없음"임을 결정하는 '영원한 시간'으로 가치화했습니다. "말들의 물질성 자체"를 '욕망'과 '충동'으로 이해하고 특정했으니 그럴 수밖에요. 말의 심연을 응시하는 가운데 욕망과 충동을 보편적 삶의 골간으로 응집해

낸 장면인 것입니다.

욕망은 심리적 현상 이전에 인간의 기원과 역사, 현존과 미래 자체입니다. 사실 욕망은 자기의 실현이란 점에서 매혹적이지만 타자화의 구축(構築)이란 점에서는 매우 위험한 무엇입니다. 인간 욕망의 첫 실현은 신과의 대결 혹은 그들이 제정한 금지의 위반이었지요. 이 아득한 욕망의 구경(究竟), 즉 주체화의 의지는 그러나 신의 소외를 포함한 본원적 세계의 상실과 몰락을 존재의 숙명으로 정초했습니다.

물론 이 순간, 미당의 시를 빌리면, "소리잃은채 낼룽거리는 붉은 아가리로", "하눌"을 "원통히무러뜯"는 인간의 말들도 생겨났습니다. 원통함은 인간 세계로 추방하는 것에 대한 억울함 또는 마뜩잖은 징벌에 대한 항의의 표현이겠습니다. 하지만 그것은 '흔적'으로 남은 신(神)의 영토, 그러니까 모든 것을 수렴하고 통합하는, 그래서 경계와 분리 따위가 무의미한 "검은 구멍"으로 다시 스며들고자 하는 앨쓴 욕망의 격정적 토로이기도 합니다. 흔히 말하듯이 '욕망'은 '충만'의 기억과 '결여'에 대한 자각, 양자를 필요충분 조건으로 하니까요. 역사에 던져진 말의 현재와 미래는 언제나 절대어의 과거로 귀환 중이라고 말할 근거도 여기서 찾아볼 수 있습니다.

여기저기 망실되고 뒤틀린 '흔적'을 더듬어 완미한 기원을 찾아가는 만큼 우리의 말들은 무엇보다 명랑한 소통과 화평한 결속을 희원합니다. 그러나 '흔적'을 인지하고 해석

하는 방법과 태도의 차이는 필연적으로 우울한 불통과 분열의 내습을 말들의 현실로 불러들이기 마련입니다. 그래도 다행한 일은 신(神)이 주어진 '흔적'들을 필사(筆寫)하거나 해체하고 재구성하는 능력까지는 회수하지 않았다는 사실입니다. 아니 절대자는 자기 영토로의 귀환을 인간 최후의 구원과 실현으로 약속했는바, 그것의 숭고한 문자 형식이 '묵시록(默示錄)'일 것입니다.

묵시록에 기댄다면, 미래로 끊임없이 밀려드는 모든 말들의 궁극적 성취는, 아니 종말은 '절대과거=신의 세계'로의 귀환 혹은 그 세계의 또 다른 실현입니다. 미래와 현재를 거슬러 "푸른 하눌"을 "무러뜯"는 조상들(과 그 말들)의 후예인 우리는 따라서 '유령'들이며 또 "유령의 문장"(「비문(非文)」)의 상속자, 정확히는 차용자들입니다. 물론 '유령'과 하는 대화나 연대가 주체성과 타자성 가운데 어느 쪽으로 경도되는가에 따라 '나'의 '없는 있음'과 '있는 없음'의 문양과 밀도는 사뭇 달라질 것입니다. 이 말은 "유령의 문장"의 재현보다 그것의 창조적 재구성과 재전유가 '흔적'으로 귀환하는 것에 훨씬 결정적이며, 우리 삶의 지리지를 온통 뒤바꾸고 개성화하는 작업의 핵심임을 뜻합니다.

이제 여태천 시인의 세 번째 시집 『저렇게 오렌지는 익어 가고』를 함께 읽을 시간이 되었습니다. 시집 제목이 언뜻 성숙한 결실에 대한 기대보다는 미처 해결하지 못한 무언가에 대한 침통한 회억을 먼저 환기합니다. 과연 표제작

「저렇게 오렌지는 익어 가고」에서는 '파란 책'과 "파란 오렌지"의 유사성 속에서 발생하는 차이, 그러니까 의미 불통의 고통을 이야기하고 있습니다. 전자는 "아직 읽지 않은 긴 문장"이라, 후자는 "오렌지의 문장을 모르기 때문에" 아득합니다. 하지만 시적 화자는 '책'과 '오렌지'의 함께 읽기를 통해 그 차이를 해소하고 새로운 형식으로 통합할 어떤 가능성을 발견합니다. 다른 '나'인 동시에 "파란 오렌지"의 소개자인 "아이의 말"이 그것입니다.

'아이'는 나보다는 생물학적으로 뒤늦게 온 유령입니다. 하지만 그는 서로 다른 양태의 '흔적'들로 이해해도 괜찮을 '파란 책'과 '파란 오렌지'를 하나로 결속하는 능력의 소유자입니다. 이런 측면에서 '아이'의 어린 문장은 '나'의 완고한 문장보다 덜 굴절되고 덜 오염된 욕망과 충동의 형식입니다. 따라서 너와 나의 개성과 차이를 존중하며 통합하는 절대어의 기원에 더 가깝습니다. 그런 의미에서 '아이'는 '흔적'의 내밀한 역사와 서사, 홀로운* 서정을 노래하고 필경(筆耕)하는 잠재적인 음유시인이 아닐 수 없습니다. 언제고 지속될 '아이들'의 노래는 '흔적' 속 말들의 진정성과 미학을 흩어진 채 충돌 중인 개별어들에게 전달하고 통·번역하는 이상적인 세계어에 해당된다는 말은 그래서 가능합니다. 이 순간 '아이들'은 신을 제외하고는 그들의 권위와 능력을

* 외로움을 통한 혼자 있음의 환희를 뜻하는 황동규 시인의 「홀로움」에서.

결코 빼앗기지 않는 무섭고 자랑스러운 '문장의 유령'으로 거듭나겠지요.

『저렇게 오렌지는 익어 가고』의 일대 특징은 다양한 말들의 풍경과 그에 연계된 존재의 심연, 그리고 이 어려운 상황을 초극하는 말들의 새로운 욕망을 비근한 일상 속에서 발견, 채취한다는 사실입니다. 또한 관심의 집중과 그 서사의 일관성, 그를 통한 서정의 심화와 독자와의 공감대 확대를 위해 1부와 3부에 각각 「내가 아주 잘 아는 이야기」 연작과 「지구를 이해하기 위한 첫 번째 독서」 연작을, 2부와 4부에 그것들의 연속성에 풍요로운 활기와 산뜻한 윤기를 더하는 발랄하고 자유로운 단품들을 효과적으로 배치 중인 것도 인상적입니다. '흔적'과의 견결한 소통을 실현하기 위한 언어 전략에 해당될, 나직하되 신중하며 겸손하되 자존감 있는 경어(敬語)의 효과적인 구사는 또 얼마나 지혜로운 미장센인지요?

이런 구성의 욕망은 그러나 자기 내부의 '흔적'을 향한 어떤 욕망의 차가운 폐절과 뜨거운 갱신에 의해 그 밑그림이 완성된다는 사실을 잊지 말아야 합니다. "완벽하게 마음이라고 생각되는 것을 향해/ 부서지는 모든 기표에 전념했지."에서 "낱말과 낱말을 건너/ 비문처럼 자유로웠다면"(「번역」)으로의 전신(轉身). 이를 향한 시인의 묵묵한 열정에 동참할 수 있다면, 당신과 나도 우리 삶에 바로 맞닿아 있는 '흔적'의 독자성과 고유성, 그리고 공동성과 공통성을 문득 발견하게 될지도 모릅니다.

이때 우리들은 『국외자들』(2006)과 『스윙』(2008)을 거쳐 『저렇게 오렌지는 익어 가고』로 가까워질수록 점차 증강되는 '침묵'의 감각을 주의해야 합니다. '침묵'이 인간의 마음속에 비애를 불러일으킨다고 말한 것은 막스 피카르트였던가요. 비애의 감정은 인간이 타락 이전의 상태를 그리워하기 때문에 발생한다지요. 말의 '흔적'을 사는 우리는 그러니 비애의 존재이며, 끝내는 침묵의 존재로 되돌려지는 행자(行者)들이 아닌가 합니다. 다행스럽게도 우리 행자들에게 일용할 '흔적'의 말이 허락되었다는데요, 피카르트에 따르면 아직도 원초적인 언어로 구성되고 발산되는 시가 그것이랍니다.

슬픔이 생기면 사람은 다 어리석어진다.
저 축축해진 눈을
봐.

이 모든 것을 이해하지 못한 채 그는 죽었다.
이 별이 멸망하기 꼭 일 년 전에 그는 죽었다.
통절했지만 무정한 죽음이었다.
시간이 그의 죽음 앞에 멈춰 서서 쳐다보지 않았다.
어쩔 수 없는 일이었다.

불편한 눈물을 떨어뜨렸다.

옆에 있던 누군가 슬그머니

자리를 옮겼다.

—「내가 아주 잘 아는 이야기 1」

아마도 우리의 입술은 제일 먼저 그리고 오랫동안 "통절했지만 무정한 죽음이었다."를 되뇔 것입니다. '시간'마저 외면하는 죽음이니 얼마나 무정하고 또 얼마나 무상한 사태인지요? 그러나 "불편한 눈물"이 암시하듯이 이 시의 핵심은 죽음의 니힐리즘이 아닙니다. 이 '눈물'은 죽음 이전에 "슬픔이 생기면 사람은 다 어리석어진다."라는, 정곡을 찔려 당황할 만한 사태에 의해 격발된 것입니다. 시인이 "사람은 자신의 정서로 어떤 것이 선인지 또는 악인지를 판단한다."라는 스피노자의 말을 에피그램으로 취한 것도 우연이 아닙니다. "그의 죽음"이 무정한 것은 어쩌면 심연에 휩싸인 '죽음' 자체보다 '갈라진 혀'로 존재의 불쾌한 중첩과 불량한 이동을 제조해 낸 우리들의 말들 때문인지도 모릅니다. 물론 이 말들은 대체로 자신의 목소리를 원초적 세계에 봉공하는 신민의 언어로 제멋대로 가치화하는 힘센 주관성에 의해 제조되고 발화되는 성질의 것이지요.

그대의 속옷에 묻은 땀

뜨겁고 진실하지만 아무도 모르는 것

어제의 얼굴이

오늘의 얼굴에 굴복할 때

얼룩은 번지고

번져서 진화한다.

얼굴은 오래된 가짜

얼룩은 오래된 진짜

날이 저물면 저녁을 지어 먹고

기적과도 같이 다시 자라는

얼룩의 힘

———「얼룩」

　"얼굴"은 자기중심의 주관성으로, "얼룩"은 "얼굴"에 의
해 변두리화된 '흔적'으로 바꿔 읽으면 어떨까요? '얼굴'은
존재의 고유성을 입증하는 제일의 표상이지만, 동시에 욕
망의 은폐나 변질을 엿보이는 내면의 거울로 흔히 이해됩
니다. 후자를 참조하면, '얼룩'은 '얼굴'의 기원과 변화의 역
사를 가로지르며 변장한 존재의 허구성과 추악성을 폭로하
는 일종의 에이론(eiron)으로 읽어도 무방합니다. 약자인 에
이론이 허풍선이 알라존(alazon)을 이긴 비장의 무기가 겸
손한 침묵이었음을 우리는 기억합니다. 시인이 가치화 중
인 '얼룩'의 성장을 견인하는 원동력이 '침묵'일 수도 있다

는 가정이 가능해지는 지점입니다.

이런 의미에서 시간의 미세한 변전에도 굴복하는 "얼굴"은 '흔적'의 추방자/변질자로, "오래된 진짜"를 구성하고 표현 중인 "얼룩"은 현존재와 그 근거의 창조자/수호자로 정립할 만합니다. 이 견해에 동의할지라도 '얼룩'의 울림을 가치 증여하는 과정과 방법이 다소간 관념적으로 느껴질지도 모르겠습니다. 하지만 앞서도 잠깐 말했지만, 여태천의 '얼룩'을 향한 투기(投企)에는 일상에서 건져 올린 경험적 진실이 울울하게 자리하고 있습니다. 특히 주객관적 지평 양면에서 경험된 말들의 맹목성과 그로 인한 곤란이 '얼룩'의 진정성과 위의(威儀)를 고조시키는 역설적 토대가 되어 주고 있지요.

우리의 사상가들이 행성과 행성을 이어 놓았지만
별들의 궤도는 점점 줄어들고 있습니다.
지나친 자의식은 도움이 되지 않고
반숙의 생각이 몸을 망친다는 걸
그들도 이미 알고 있었던 겁니다.
눈물이 그리워지는 계절입니다.
　　　　──「지구를 이해하기 위한 첫 번째 독서」에서

"원근법"은 감정에 대한 이성의 우위를, 파편성에 대한 전체성의 승리를 규준으로 세우고 승인하는 근대적 시각과 사유법을 대표합니다. 현실에는 부재하는 소실점을 찍어 세계와 사물의 질서 정연한 비례감과 입체감을 창안하는 이 기법은 제2의 입법자로서 계몽주의적 인간형의 탄생과 확장에 크게 기여했습니다. 그러나 원근법의 시선과 구도에 의해 통제되고 구성되는 세계와 자연, 그리고 인간은 어떤 일탈과 변화도 불가능한 '기성의 것'으로 변조되는 불행에 처해집니다. 인용 부분은 원근법의 탄생과 확장이 불러온 환희와 절망의 교차적 순간을, 또 팬옵티콘에 방불한 원근법에서 탈옥하는 책략의 중요성을 동시에 말하고 있는 중입니다. "끊임없는 설교를 들으며/ 고도의 정치적 침묵을 배"우는 "우리의 나머지"는 '원근법'이 계량하고 질서 지을 수 없는 "예측 불가능한"(「지구를 이해하기 위한 첫 번째 독서」) 무엇의 발견과 구축(構築) 속에서야 자율성과 고유성을 되찾을 수 있다는 주장이지요.

> 그때 나는 자꾸만 같은 소리를 반복하고 있는
> 내가 모르는 저 입에 대해 침묵하자고 기록했다.
> 그리고 해가 바뀌었다.
>
> ──「접속사들」에서

> 백 년쯤 멀리 있는 눈이 반짝 빛난다.
> 백 년쯤 후에야
> 나는 당신과 이별을 하는 것이다.

한 사람의 뒷모습을 보기 위해서는

백 년이 필요하다.

그것은 착각이 아니다.

—「유성(流星)」에서

'침묵'과 '흔적'은 말의 부재도 사실의 결여도 아닙니다. 그것들은 오히려 주어진 부재와 결여를 보충하고 충만과 충족으로 갱신하는 명랑한 운동들입니다. 피카르트의 말을 다시 빌리면, "말 속에 있는 삶을 넘어, 말의 피안에 있는 삶으로 인간을 향하게 하며, 그렇게 자신을 넘어 저 밖으로 인간을 향하게 하는" 환한 삶의 원리들인 것입니다. 근대는 물론 현재를 여전히 관통 중인 계몽 담론의 권력성과 퇴폐성을 목청껏 비난하는 일은 쉽습니다. 외방을 향한 격한 아우성은 그러나 계몽 담론에 삼투된 내방의 관습과 규율을 의도적으로 외면하거나 암묵적으로 유지할 의외의 가능성 또한 큽니다. 제 안의 잡음을 소거하지 않은 큰 목소리들은 그 반향과 울림의 주파수가 훨씬 높은 '침묵'과 '흔적'의 목소리를 듣지 못하고 "자꾸만 같은 소리를 반복하"기 일쑤인 까닭입니다.

시적 자아의 처지도 여기서 크게 벗어나지 못한 형편입니다. "알지 못하는 사람들" 또는 "알지 못하는 단어들"의 "손을 무턱대고" 잡고서 "은밀하게 내통하는 시간"을 은근히 즐기는 관습과 "또박또박 목적어와 술어를/ 발음할 수"

없음에도 계속 토해지는 말들의 소유자가 바로 '나'입니다. "내가 모르는 (나의)* 저 입에 대해 침묵하자고 기록"한 일은 따라서 고장 난 '나'의 수리에 필요한 일차적 각성으로 읽힙니다.(「접속사들」)

하지만 이 지점의 '침묵'은 말 그대로의 침묵, 그러니까 내면적 울림을 창조할 가능성이 없는 입막음에 불과합니다. 자아에게 존재를 드넓히는 보다 완미한 침묵의 지평으로 안내할 방법적 사랑이 절실해지는 순간입니다. 시인은 그것을 '당신과의 이별'에서 구하고 있습니다. 아마 "백 년쯤"은 '침묵'과 '흔적'의 정수(精髓)에 진입하는 데 필요한, 길고도 먼 시간을 뜻하는 일종의 상징어일 것입니다. 그래서일까요, "계산이 안 나오는 것들이여./ 눈을 감아도 보이는 어둠이여."에 편재된 멜랑콜리는 진입의 역동적 행위가 사실은 "기다림"의 형식일 수밖에 없음을 인정하는 우울한 고백처럼 들립니다.(「유성(流星)」)

나는 당신이 말한 것들보다 말하지 않은 것들에 대해 연연하지. 잃어버린 우산에 대해 더 이상 할 말이 없어. 오늘 밤 나는 내리는 저 빗방울의 전 지구적 가능성에 대해 누구보다 오래 고민하기로 했어. 잃어버린 초원에 대해서, 초원의 회복 가능성에 대해서, 우산의 기원에 대해서, 당신이 다

---

* 해설자가 삽입한 부분.

시 깨어날 가능성에 대해서 말이야.

──「잃어버린 우산」에서

"초원"의 상실과 회복의 서사는 '흔적'과 '욕망'의 그것과 상동적 구조를 형성합니다. 이들 서사는 궁극적으로 '나'와 '당신'의 기원으로의 도약과 미래로의 귀환을 예비하고 완성할 것입니다. 나는 과거로의 귀환과 미래로의 도약이라 적는 대신 시공간 지평을 거꾸로 결합시켰습니다. 당신이 "말하지 않은 것들에 대해 연연하"고 "당신의 사라진 목소리"를 듣는 '나'는 "다시 당신을 잃어버려야 하"는 숙명의 체현자입니다. 그러나 "낯선 기쁨은 살갗의 서늘함과 함께 그렇게 온다는 것"(「잃어버린 우산」)을 벌써 감득하고 있는 '나'는 유한과 이성, 세속에서 무한과 감성, 신성을 파지(把持)하는 낭만적 아이러니스트로서 모자람이 없습니다. '침묵'이 우리를 세속 너머의 충만한 세계로 도약시키듯이, 낭만적 아이러니(=욕망)는 주체를 효용성 너머의 '범속한 트임'으로 귀환시킵니다. 물론 '도약'을 '욕망'의 지평으로, '트임'을 '침묵'의 지평으로 바꿔 서술해도 아무런 문제가 없습니다. 왜냐하면 '흔적'과 '욕망'은 과거의 극점과 미래의 극점에서 만나 이상적 원환을 형성하는, 시공간상의 이형 동질적 형식이기 때문입니다. 다시 말해 '흔적'은 미래에, '욕망'은 과거에 호출됨으로써 오히려 각각의 이상적 과거와 미래를 지금·여기로 불러들입니다. "잃어버린 우산",

즉 '과거-흔적'과 '아이', 즉 '미래-욕망'의 관계도 이렇게 아이콘화되고 해석될 여지가 충분합니다.

> 너를 안고 불 꺼진 오늘을 천천히 걸어 본다.
> 납작해진 너를 안으면 안을수록
> 내가 나를 안고 있다는 생각
> 그 생각 하면 할수록
> 나를 심각하게 생각하는 게
> 내가 아니라 너라는 생각
>
> (중략)
>
> 밤은 깊고 또 깊어져
> 이 밤의 공기를 다시 만질 수 없는 때도 있어서
> 오늘이 백 년의 기억보다 더 깜깜하다.
> 그때마다 후대의 아주 먼 생각이
> 가만히 왔다가
> 가만히 가는 중이라고
> 나는 중얼거렸다.
>
> ──「어쩌면 오늘이」에서

"후대의 아주 먼 생각"으로 가치화되는 '아이'의 출발점은 '나'의 '흔적', 그러니까 "납작해진 너를 안으면 안을수록/ 내가 나를 안고 있다는 생각"입니다. '나'의 자아상은, 우리가 그렇듯이, 부성형일 가능성이 큽니다. 그러나 윤동주의 '자화상'이 말해 주듯이, 이상적 자아는 현실적 자아에 대한 부정 못지않게 그를 감싸 안아 미래의 문턱 너머로 데려가는 방법적 사랑에서 겨우 다시 주어집니다. "후대의 아주 먼 생각"은 미완의 미래에서 흘러오기보다는 완미한 과거에서 밀려드는 것일 공산이 큽니다. 그게 지혜의 형식이고 배움의 법칙에 보다 합당하니까요.

과연 여태천 시인은 함부로 건너뛰는 미래에 대한 맹목적 기대보다 우리 삶과 역사에 스미고 짜인 '흔적'과 '침묵'에서 "후대의 아주 먼 생각"을 건져 올리는 편입니다. 가령 "덮어 버린 책 너머에서/ 우리를 지켜보는 낡은 문자들/ 그늘 속으로 깊어집니다."(「지구를 이해하기 위한 여섯 번째 독서」)와 같은 고백은 어떨까요. '흔적'의 지혜와 혜안의 내면화는 물론 시간 및 죽음과 관련된 인간의 본질적 속성, 그러니까 "언젠가 잊힐 이름들이 지금 막 태어나고 있다."(「지구를 이해하기 위한 두 번째 독서」)는 한계적 사태에 대한 고통스러운 수긍에서 비롯됩니다. 죽음과 질병, 패배와 좌절 따위의 한계상황은 우리를 허무의 자식이나 수동적 인간형으로 밀어 내기 일쑤입니다. 앞서도 '흔적'과 '욕망'을 향한 시인의 자세가 얼마간 소극적으로 보인다는 말씀을 드렸지요. "볼을 던지지 못하는 건 치명적 외상이라고/ 생각이 당신과 나 사이를 오고 가는데/ 당신이 꽃을 들고 문병을 왔다."(「인격의 탄생」)라는 구절에도 그런 인상이 역력합니다.

그러나 주의할 것은 '소극적' 자세가 관계와 대화의 거뒤들임 또는 부정과 거의 상관없다는 사실입니다. '나'에 대한 "문병"은 말할 것도 없이 타자성의 행위이자 기다림의 형식입니다. 아무리 의례적이라 할지라도 '문병'은 "당신(나)*이 가만히 와서 내려놓고 간 인사"에 대해 "당신(나)이 서 있는 곳까지" 다시 찾아가는 "답례"의 교환이 없다면 성립되지 않는 형식입니다. 질병 또는 치명적 외상을 대놓고 타자에게 보여 주는 형식이기 때문에 그것은 위험한 만남이며, 또 그렇기 때문에 깊이 있는 신뢰와 연대의 가능성이 열리는 형식이기도 합니다. 당신의 나에 대한 '문병'을 "인격은 그렇게 완성됐다."(「인격의 탄생」)라고 이르는 고백이 『저렇게 오렌지는 익어 가고』의 가장 빛나면서도 가장 뼈저린 말인 까닭입니다.

햇살이 내리고 있다.
한 나무가 다른 나무에게
처음 가지를 뻗는다.
간절한 손짓이다.

* 해설자가 삽입한 부분.

또 다른 나무의 귀에 대고
바람은 또 무슨 글귀처럼
은밀하게 농담을 한다.

새로 태어나는 단어 앞에서
자꾸만 흔들리는 너를
물끄러미 쳐다본다.

입술에 묻은 빨간 침이
잠깐 빛난다.

─「대화」

　아마 '문병' 온 '당신'과 '당신'을 기다린 '나'의 대화가
이러했을 겁니다. '간절함'끼리의 접속은 위로와 연민을, 그
에 대한 감사와 악수를 은밀한 "농담"으로 유쾌화합니다.
시인은 이것을 자연의 풍경으로 간접화함으로써 오히려 우
리의 더욱 절실한 내면 풍경으로 밀어 올리는 중입니다. 이
풍경을 두고 우리는 피카르트의 "자연의 침묵은 인간에게
로 몰려온다. 인간의 정신은 그러한 침묵의 드넓은 평원 위
에 걸린 하늘과도 같다."라는 말을 다시 빌리지 않을 수 없
습니다. 이때의 '하늘'은 "신의 침묵의 자취가 깃들어 있는
침묵인"바, 그것은 '흔적'이며 '성체(成體/聖體)'인 까닭에 숭
고와 경배의 대상인 동시에 인간의 침묵이 본받아야 할 규

준적 모범입니다. 요컨대 "새로 태어나는 단어"들의 본원적 고향은 겉으로 궁핍해서 안으로 더 풍요로운 '흔적'과 '침묵'이란 말이지요. 미래로의 귀환과 과거로의 도약이 문득 현현된 장면이란 해석도 가능한 순간입니다.

그런데 그 황홀한 순간에 대한 '너'의 흔들림이나 "입술에 묻은 빨간 침"과 같은 표현은 단순 명쾌하지 않습니다. 흔들림의 이유와 "빨간 침"의 비유가 애매하고 낯설기 때문입니다. '너'의 상황과 접속하기 위해 이 장면에 합당한 '나'의 상황을 간단하게나마 일별해 봅니다. "점점 건강해지고 있는 나는/ 어떤 표정을 지어야 할까./ 저 생각이 나를 만들었다."(「단단한 문장」) 여기서 '나'의 '표정'과 '생각'은 아마도 '흔적'과 '욕망'이 서로에게 함입하면서 "새로 태어나는 단어"(「대화」)로 인해 시시각각 변주되며 또 입체화되어 왔고 또 되어 갈 것입니다. "언어가 만드는/ 저 생각의 근육들을 좀 봐."(「단단한 문장」)라는 감각적 육화(肉化)의 풍경은 그래서 가능합니다.

그렇다면 '흔들림'은 회의의 표정이 아니며 "빨간 침"은 어떤 위기의 표징이 아닙니다. 반대로 "언어에 대해/ 뼈에 대해/ 뼈의 문장에 대해"(「단단한 문장」), 다시 말해 말과 몸(영혼)과 글쓰기에 대한 새로운 전회와 트임의 몸짓이자 상징입니다. 이 장면은 오늘날을 배회하여 마땅한 '문장의 유령'이 문득문득 출현하는 순간으로 보아도 무방합니다. 이것이 "유령의 문장"의 자식이며 충만화된 '흔적'의 한 현상

임은 아래의 고백으로 충분합니다. 자, 다 함께 읽어 볼까
요. 저렇게 흔들리며 '파랗게' 이어 가는 '오렌지'를 떠올리
며……

　　사라지지 않고 반복되는 컴컴한 목소리들
　　시간은 시간대로
　　감정은 감정대로
　　글씨는 글씨대로
　　괜찮은 거다.
　　모두가 괜찮은 거다.
　　　　　　　　　　　　　　　—「마지막 목소리」에서

여태천

1971년 경남 하동에서 태어났다. 고려대학교 국문과와 동 대학원을 졸업했으며
2000년 《문학사상》 신인상으로 등단했다. 시집 『스윙』, 『국외자들』과 비평서
『미적 근대와 언어의 형식』, 『김수영의 시와 언어』가 있다. 〈김수영 문학상〉을 수상했다.
현재 동덕여자대학교 국문과 교수로 재직 중이다.

저렇게 오렌지는 익어 가고

1판 1쇄 찍음 · 2013년 1월 4일
1판 1쇄 펴냄 · 2013년 1월 11일

지은이 · 여태천
발행인 · 박근섭, 박상준
편집인 · 장은수
펴낸곳 · (주)민음사

출판 등록 1966. 5. 19. 제16-490호
서울시 강남구 신사동 506번지 강남출판문화센터 5층 (우)135-887
대표전화 515-2000 / 팩시밀리 515-2007
www.minumsa.com

ISBN 978-89-374-0811-3 04810
ISBN 978-89-374-0802-1 (세트)